영알못을 위한

영어요술방망이

저자 : 김진문

알 림

문제 1. 아래의 영문을 의문문으로 만들어 보세요.

You are a doctor.

문제 2. 아래의 영문을 부정문으로 만들어 보세요.

Tom has a book.

위 두 문제를 모두 풀 수 있는 분은 이 책이 필요없습니다.

하지만
10년이 넘게 영어를 배웠으나 영어의 구조를 이해하지 못하는 분,
어떻게 영어를 배열해야 하는지 모르는 분,
영어에 대한 마음은 간절하나 영어가 이해되지 않아 포기한 분이라면
이 책을 한 번 읽어보길 권합니다.

* 목 차 *

『영어요술방망이』의 구조는 『타자 섹션』과 『타킷 섹션』으로 나뉩니다.

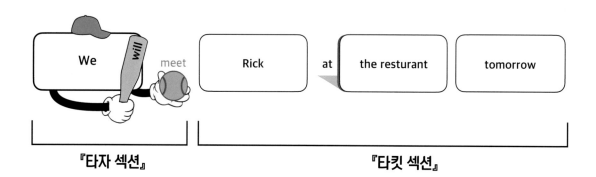

『타자 섹션』 『타킷 섹션』

	타자 섹션	타킷 섹션
정의	주어가 동사 공을 던지며 이야기가 시작되는 부분	동사 공이 타킷을 지나며 이야기가 만들어지는 부분
내용	평서문', '의지 · 미래문', '부정문', '의문문'을 결정한다.	설명과 설명으로 이야기를 확장한다.
구성요소	주어', '동사', '조동사', '의문사', '현재분사', '과거분사' 로 구성된다.	목적어', '목적보어', 'to부정사', '전치사', '부사' 등으로 구성된다.

* 영어는 이 두 섹션을 센스있게 조직하는 것이라 할 수 있습니다.

『타자 섹션』의 구성요소 설명

『타자 섹션』은 **이야기를 시작하는 부분**이자 **이야기의 방향을 결정**하는 역할을 합니다.

『타자 섹션』의 **구성요소** : 기본적으로 5가지(주어, 동사, 조동사, 의문사, 분사) 아이콘들이 있습니다.

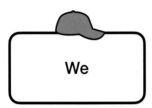

주어 아이콘 : 말하는 화자가 누구인지 나타냅니다.
영어는 사람 외에 동물, 사물(책, 빌딩, 다리, 날씨 등)이
주어가 되는 경우가 아주 많습니다.

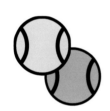

동사 · 구동사 아이콘 : 화자의 주 동작을 나타냅니다.
현재 시제와 과거 시제에 쓰입니다.
초록색 테니스공은 **Be동사**를 나타내며,
파란색 야구공은 **일반동사**를 나타냅니다.

요술방망이(조동사) 아이콘 : 화자의 **의도, 태도**를 나타냅니다.
Do, Does, Did,
Can, Will, Shall, May,
Could, Would, Should, Might 등이 쓰입니다.

** 놀랍게도 조동사 방망이는 동사의 시제를 빼앗으며
시제를 빼앗긴 동사(Be동사, 일반동사)는 무조건 **'동사원형'**이 됩니다.

의문사(5W1H) 아이콘 :
Who(누가), When(언제), Where(어디서), What(무엇), Why(왜),
How(어떻게)를 말합니다.

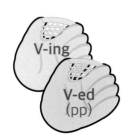

분사(현재분사, 과거분사) 아이콘
현재분사 : '어떤 행동을 하는 것'과 '행동 자체'를 나타냅니다.
과거분사 : '어떤 행동을 한 것'과 '완료된 상태, 감정'를 나타냅니다.

『영어요술방망이』 평서문 (현재형, 과거형)

* be동사 평서문 : 주어 뒤에 **초록색 테니스공(be동사)**을 붙입니다.

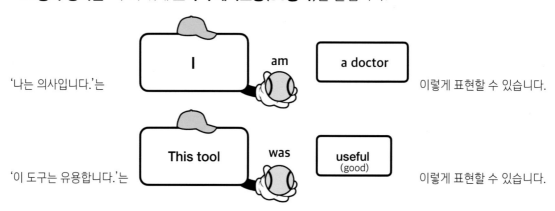

'나는 의사입니다.'는   I   am   a doctor   이렇게 표현할 수 있습니다.

'이 도구는 유용합니다.'는   This tool   was   useful (good)   이렇게 표현할 수 있습니다.

참고) be동사 인칭변화표

	현재	과거
I	am	was
you / we / they	are	were
he / she / it	is	was

* 일반동사 평서문 : 직접적인 '행동', 지속적인 '행동(습관)', '객관적 사실'을 표현합니다.
주어 뒤에 **파란색 야구공(일반동사)**을 붙입니다.

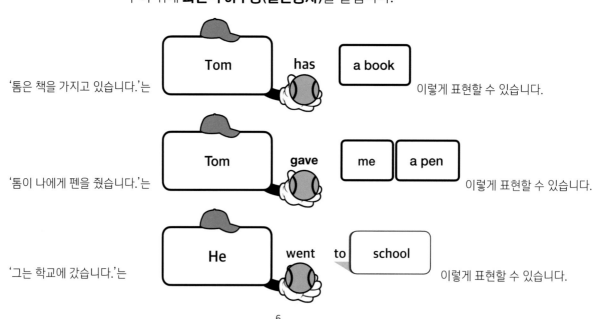

'톰은 책을 가지고 있습니다.'는   Tom   has   a book   이렇게 표현할 수 있습니다.

'톰이 나에게 펜을 줬습니다.'는   Tom   gave   me   a pen   이렇게 표현할 수 있습니다.

'그는 학교에 갔습니다.'는   He   went   to   school   이렇게 표현할 수 있습니다.

『영어요술방망이』 부정문 (현재형, 과거형)

* Be동사 기본 부정문 : Be동사 뒤에 'not'을 붙이면 됩니다.

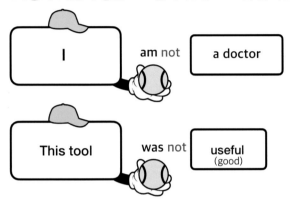

I am not a doctor

나는 의사가 아닙니다.
(be동사 뒤에 not을 붙이면 부정문이 됩니다.)

This tool was not useful (good)

이 도구는 유용하지 않았습니다.
(be동사 뒤에 not을 붙이면 부정문이 됩니다.)

* 일반동사 부정문 : '요술방망이(조동사)'와 'not'을 일반동사 앞에 붙이면 됩니다.

* 놀랍게도 요술방망이(조동사)는 동사의 시제를 빼았으며 시제를 빼앗긴 동사(Be동사, 일반동사)는 무조건 '동사원형'이 됩니다.

Tom does not have a book

톰은 책을 가지지 않습니다.
(일반동사 앞에 "does not"을 붙이면 부정문이 됩니다.)

Tom did not give me a pen

톰이 나에게 펜을 주지 않았습니다.
(일반동사 앞에 "did not"을 붙이면 부정문이 됩니다.)

He did not go to school

그는 학교에 가지 않았습니다.
(일반동사 앞에 "did not"을 붙이면 부정문이 됩니다.)

참고) 인칭에 따른 일반동사 부정문

	일반동사 현재부정	일반동사 과거부정
I / you / we / you(너희들) / they	do + not + 동사원형	did + not + 동사원형
he / she / it	does + not + 동사원형	

『영어요술방망이』 미래문

* Be동사 미래문 : Be동사 앞에 **요술방망이(will)**를 붙이면 됩니다.
* 놀랍게도 요술방망이 다음에 오는 Be동사는 무조건 **'동사원형'**이 됩니다.

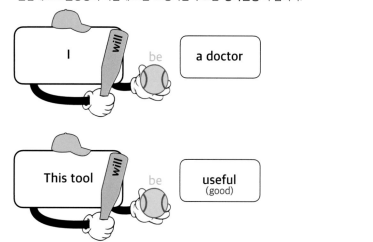

나는 의사가 될 것입니다.
(be동사 앞에 "will"을 붙이면 미래문이 됩니다.)

이 도구는 유용할 것입니다.
(be동사 앞에 "will"을 붙이면 미래문이 됩니다.)

* 일반동사 미래문 : 일반동사 앞에 **요술방망이(will)**를 붙이면 됩니다.
* 놀랍게도 요술방망이 다음에 오는 일반동사는 무조건 **'동사원형'**이 됩니다.

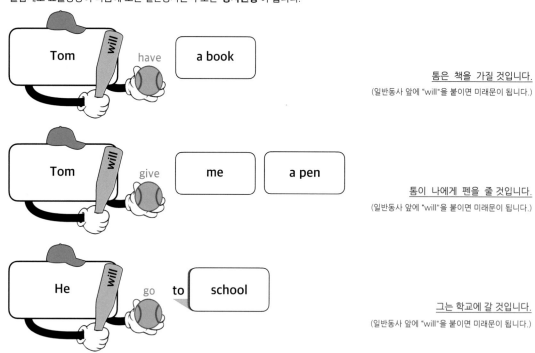

톰은 책을 가질 것입니다.
(일반동사 앞에 "will"을 붙이면 미래문이 됩니다.)

톰이 나에게 펜을 줄 것입니다.
(일반동사 앞에 "will"을 붙이면 미래문이 됩니다.)

그는 학교에 갈 것입니다.
(일반동사 앞에 "will"을 붙이면 미래문이 됩니다.)

『영어요술방망이』 방망이 종류

할 것이다. (미래, 의지)

한 것입니다. (과거)
하기를 바랍니다. (소망)
아마도 ~일 것입니다. (추측)

would have p.p : 했었을 것이다.

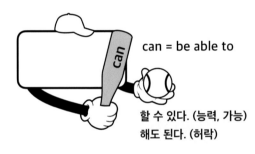

can = be able to

할 수 있다. (능력, 가능)
해도 된다. (허락)

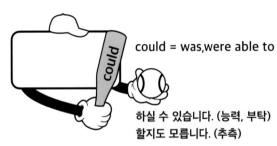

could = was,were able to

하실 수 있습니다. (능력, 부탁)
할지도 모릅니다. (추측)

could have p.p : 했을지도 모른다. (실제는 하지 않았다.)

할 것이다. (의지, 추측)

하는 게 좋겠습니다. (권유)
해야 합니다. (조언)

should have p.p : 했어야 했다. (실제는 하지 않았다.)

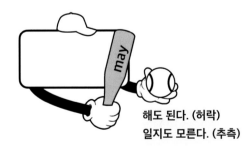

해도 된다. (허락)
일지도 모른다. (추측)

일지도 모릅니다. (추측)

might have p.p : 했었을 것이다. (불확실한 추측)

『영어요술방망이』 미래부정문 (부정문 미래형)

* Be동사 미래부정문 : Be동사 앞에 **요술방망이(will)**와 not을 붙입니다.
* 놀랍게도 요술방망이 다음에 오는 Be동사는 무조건 **'동사원형'**이 됩니다.

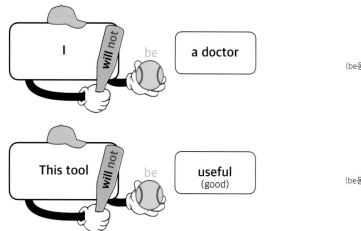

나는 의사가 되지 않을 것입니다.
(be동사 앞에 "will not"을 붙이면 미래부정문이 됩니다.)

이 도구는 유용하지 않을 것입니다.
(be동사 앞에 "will not"을 붙이면 미래부정문이 됩니다.)

* 일반동사 미래문 : 일반동사 앞에 **요술방망이(will)**와 not을 붙입니다.
* 놀랍게도 요술방망이 다음에 오는 일반동사는 무조건 **'동사원형'**이 됩니다.

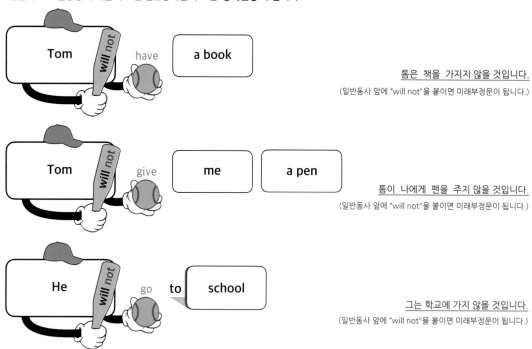

톰은 책을 가지지 않을 것입니다.
(일반동사 앞에 "will not"을 붙이면 미래부정문이 됩니다.)

톰이 나에게 펜을 주지 않을 것입니다.
(일반동사 앞에 "will not"을 붙이면 미래부정문이 됩니다.)

그는 학교에 가지 않을 것입니다.
(일반동사 앞에 "will not"을 붙이면 미래부정문이 됩니다.)

『영어요술방망이』 기본의문문 (현재형, 과거형)

* Be동사 의문문(현재형, 과거형) : Be동사를 주어 앞으로 옮기면 의문문이 됩니다.

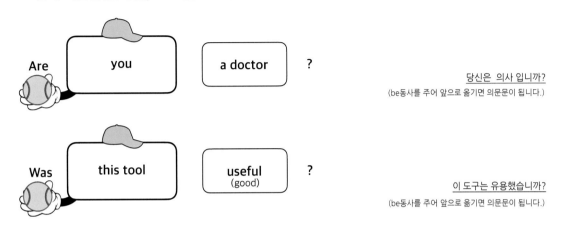

당신은 의사 입니까?
(be동사를 주어 앞으로 옮기면 의문문이 됩니다.)

이 도구는 유용했습니까?
(be동사를 주어 앞으로 옮기면 의문문이 됩니다.)

* 일반동사 의문문(현재형, 과거형) : 요술방망이를 주어 앞으로 가져오면 의문문이 됩니다.
* 놀랍게도 요술방망이는 동사의 시제를 빼았으며 시제를 빼앗긴 동사(Be동사, 일반동사)는 무조건 **'동사원형'**이 됩니다.

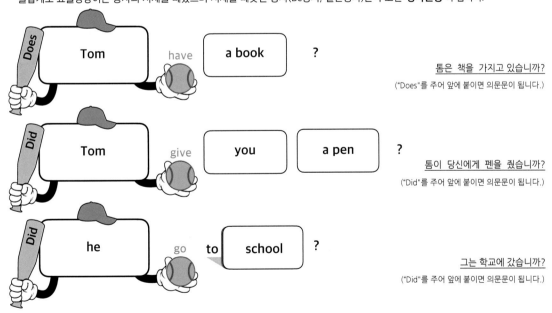

톰은 책을 가지고 있습니까?
("Does"를 주어 앞에 붙이면 의문문이 됩니다.)

톰이 당신에게 펜을 줬습니까?
("Did"를 주어 앞에 붙이면 의문문이 됩니다.)

그는 학교에 갔습니까?
("Did"를 주어 앞에 붙이면 의문문이 됩니다.)

	현재의문문 (의문문 현재형)	과거의문문 (의문문 과거형)
I / you / we / they	Do + 주어 + 동사원형	Did + 주어 + 동사원형
he / she / it	Does + 주어 + 동사원형	

11

『영어요술방망이』 미래의문문 (미래형 의문문)

*** Be동사 미래의문문** : 요술방망이를 주어 앞으로 가져오면 의문문이 됩니다.
  * 놀랍게도 요술방망이는 동사의 시제를 빼았으며 시제를 빼앗긴 동사(Be동사, 일반동사)는 무조건 **'동사원형'**이 됩니다.

당신은 의사가 될 것입니까?
("Will"을 주어 앞에 붙이면 미래의문문이 됩니다.)

이 도구는 유용할까요?
("Will"을 주어 앞에 붙이면 미래의문문이 됩니다.)

*** 일반동사 미래의문문** : 요술방망이를 주어 앞으로 가져오면 의문문이 됩니다.
  * 놀랍게도 요술방망이는 동사의 시제를 빼았으며 시제를 빼앗긴 동사(Be동사, 일반동사)는 무조건 **'동사원형'**이 됩니다.

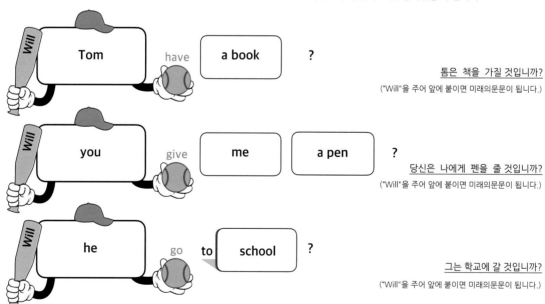

톰은 책을 가질 것입니까?
("Will"을 주어 앞에 붙이면 미래의문문이 됩니다.)

당신은 나에게 펜을 줄 것입니까?
("Will"을 주어 앞에 붙이면 미래의문문이 됩니다.)

그는 학교에 갈 것입니까?
("Will"을 주어 앞에 붙이면 미래의문문이 됩니다.)

『영어요술방망이』 의문사 기본의문문

* Be동사 의문사 기본의문문 : 기본의문문 맨 앞에 '5W1H' 의문사를 붙입니다.

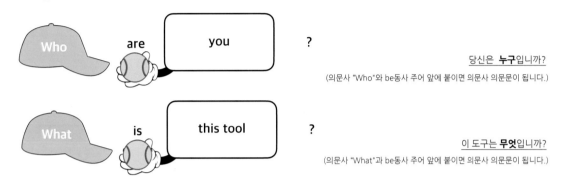

당신은 **누구**입니까?

(의문사 "Who"와 be동사 주어 앞에 붙이면 의문사 의문문이 됩니다.)

이 도구는 **무엇**입니까?

(의문사 "What"과 be동사 주어 앞에 붙이면 의문사 의문문이 됩니다.)

* 일반동사 의문사 기본의문문 : 기본의문문 맨 앞에 '5W1H' 의문사를 붙입니다.

* 놀랍게도 요술방망이는 동사의 시제를 빼았으며 시제를 빼앗긴 동사(Be동사, 일반동사)는 무조건 **'동사원형'**이 됩니다.

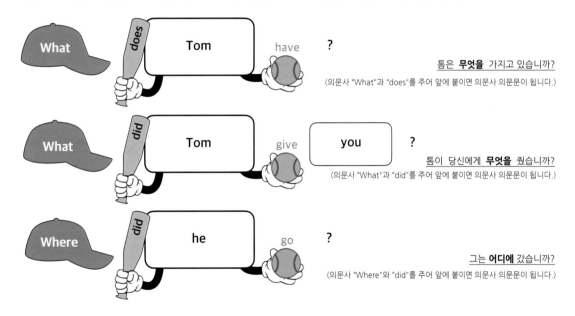

톰은 **무엇을** 가지고 있습니까?

(의문사 "What"과 "does"를 주어 앞에 붙이면 의문사 의문문이 됩니다.)

톰이 당신에게 **무엇을** 줬습니까?

(의문사 "What"과 "did"를 주어 앞에 붙이면 의문사 의문문이 됩니다.)

그는 **어디에** 갔습니까?

(의문사 "Where"와 "did"를 주어 앞에 붙이면 의문사 의문문이 됩니다.)

* 의문사 종류 (의문대명사, 의문부사)

How long(얼마나 오래), **How many times**(몇 번이나), **How far**(얼마나 멀리), **How often**(얼마나 자주)

『영어요술방망이』 의문사 미래의문문

* Be동사 의문사 미래의문문 : 미래의문문 맨 앞에 '5W1H' 의문사를 붙입니다.
  * 놀랍게도 요술방망이는 동사의 시제를 빼았으며 시제를 빼앗긴 동사(Be동사, 일반동사)는 무조건 **'동사원형'**이 됩니다.

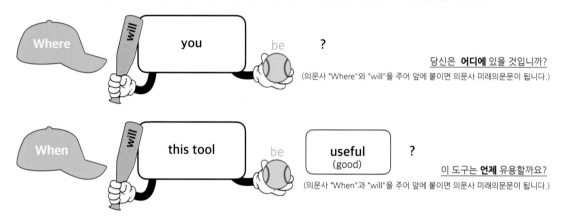

당신은 **어디에** 있을 것입니까?
(의문사 "Where"와 "will"을 주어 앞에 붙이면 의문사 미래의문문이 됩니다.)

이 도구는 **언제** 유용할까요?
(의문사 "When"과 "will"을 주어 앞에 붙이면 의문사 미래의문문이 됩니다.)

* 일반동사 의문사 미래의문문 : 미래의문문 맨 앞에 '5W1H' 의문사를 붙입니다.
  * 놀랍게도 요술방망이는 동사의 시제를 빼았으며 시제를 빼앗긴 동사(Be동사, 일반동사)는 무조건 **'동사원형'**이 됩니다.

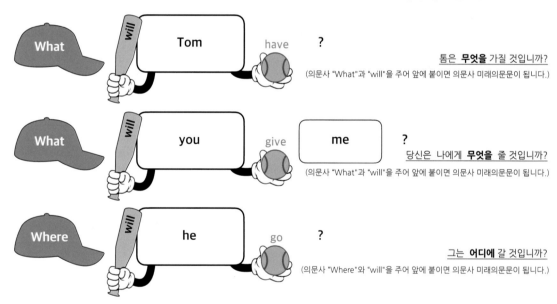

톰은 **무엇을** 가질 것입니까?
(의문사 "What"과 "will"을 주어 앞에 붙이면 의문사 미래의문문이 됩니다.)

당신은 나에게 **무엇을** 줄 것입니까?
(의문사 "What"과 "will"을 주어 앞에 붙이면 의문사 미래의문문이 됩니다.)

그는 **어디에** 갈 것입니까?
(의문사 "Where"와 "will"을 주어 앞에 붙이면 의문사 미래의문문이 됩니다.)

『영어요술방망이』 의문사 주어 의문문 (의문사가 주어인 의문문)

* 의문사 주어 의문문 : 기본문의 주어에 의문사(who, what, which)를 넣어 의문문을 만듭니다.

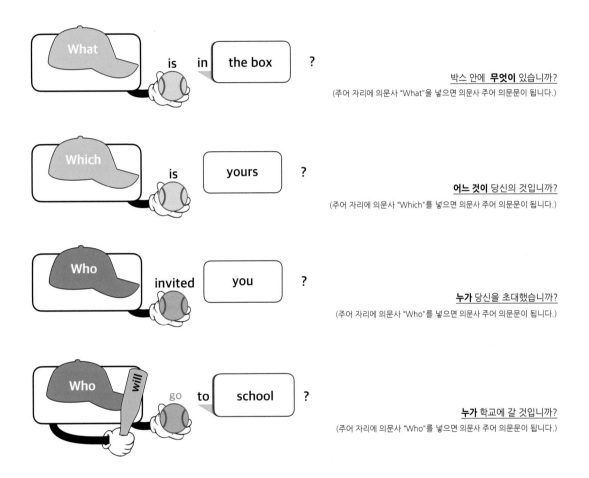

박스 안에 **무엇이** 있습니까?
(주어 자리에 의문사 "What"을 넣으면 의문사 주어 의문문이 됩니다.)

어느 것이 당신의 것입니까?
(주어 자리에 의문사 "Which"를 넣으면 의문사 주어 의문문이 됩니다.)

누가 당신을 초대했습니까?
(주어 자리에 의문사 "Who"를 넣으면 의문사 주어 의문문이 됩니다.)

누가 학교에 갈 것입니까?
(주어 자리에 의문사 "Who"를 넣으면 의문사 주어 의문문이 됩니다.)

『나는 의사입니다.』 평서문, 부정문, 미래문, 의문문

나는 의사입니다. (평서문)

나는 의사가 아닙니다. (부정문)
(be동사 뒤에 "not"을 붙이면 부정문이 됩니다.)

나는 의사가 될 것입니다. (미래문)
* 놀랍게도 요술방망이 다음에 오는 Be동사는 무조건 **'동사원형'**이 됩니다.
(be동사 앞에 "will"을 붙이면 미래문이 됩니다.)

당신은 의사입니까? (기본의문문)
(be동사를 주어 앞으로 옮기면 의문문이 됩니다.)

당신은 의사가 될 것입니까? (미래의문문)
* 놀랍게도 요술방망이 다음에 오는 Be동사는 무조건 **'동사원형'**이 됩니다.
("Will"을 주어 앞에 붙이면 미래의문문이 됩니다.)

당신은 누구입니까? (의문사 의문문)

(의문사 "Who"와 be동사를 주어 앞에 붙이면 의문사 의문문이 됩니다.)

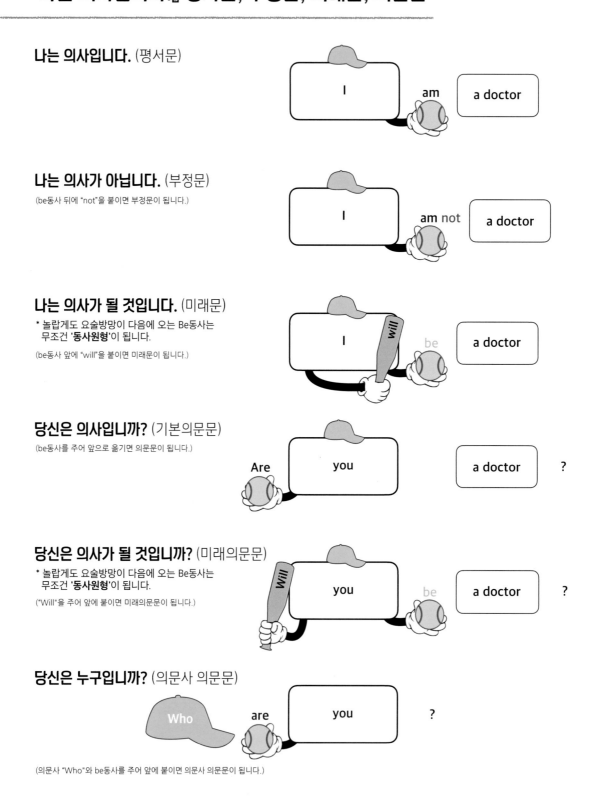

『이 도구는 유용했습니다.』 평서문, 부정문, 미래문, 의문문

이 도구는 유용했습니다. (평서문)

This tool **was** useful (good)

이 도구는 유용하지 않았습니다. (부정문)

(be동사 뒤에 "not"을 붙이면 부정문이 됩니다.)

This tool **was** not useful (good)

이 도구는 유용할 것입니다. (미래문)

* 놀랍게도 요술방망이 다음에 오는 Be동사는
무조건 **'동사원형'**이 됩니다.

(be동사 앞에 "will"을 붙이면 미래문이 됩니다.)

This tool will be useful (good)

이 도구는 유용했습니까? (기본의문문)

(be동사를 주어 앞으로 옮기면 의문문이 됩니다.)

Was this tool useful (good) ?

이 도구는 유용할까요? (미래의문문)

* 놀랍게도 요술방망이 다음에 오는 Be동사는
무조건 **'동사원형'**이 됩니다.

("Will"을 주어 앞에 붙이면 미래의문문이 됩니다.)

Will this tool be useful (good) ?

이 도구는 무엇입니까? (의문사 의문문)

What is this tool ?

(의문사 "What"과 be동사를 주어 앞에 붙이면 의문사 의문문이 됩니다.)

『톰은 책을 가지고 있습니다.』 평서문, 부정문, 미래문, 의문문

톰은 책을 가지고 있습니다. (평서문)

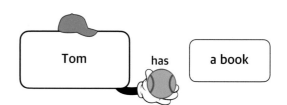

톰은 책을 가지고 있지 않습니다. (부정문)
* 놀랍게도 요술방망이 다음에 오는 일반동사는
무조건 '**동사원형**'이 됩니다.

(일반동사 앞에 "does not"을 붙이면 부정문이 됩니다.)

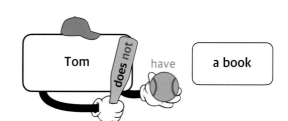

톰은 책을 가질 것입니다. (미래문)
* 놀랍게도 요술방망이 다음에 오는 일반동사는
무조건 '**동사원형**'이 됩니다.

(일반동사 앞에 "will"을 붙이면 미래문이 됩니다.)

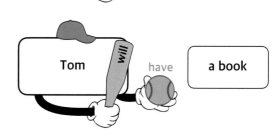

톰은 책을 가지고 있습니까? (기본의문문)
* 놀랍게도 요술방망이 다음에 오는 일반동사는
무조건 '**동사원형**'이 됩니다.

("Does"를 주어 앞에 붙이면 의문문이 됩니다.)

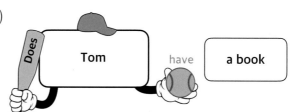

톰은 책을 가질 것입니까? (미래의문문)
* 놀랍게도 요술방망이 다음에 오는 일반동사는
무조건 '**동사원형**'이 됩니다.

("Will"을 주어 앞에 붙이면 미래의문문이 됩니다.)

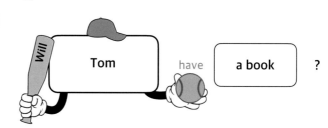

톰은 무엇을 가지고 있습니까? (의문사 의문문)
* 놀랍게도 요술방망이 다음에 오는
일반동사는 무조건 '**동사원형**'이
됩니다.

(의문사 "What"과 "does"를 주어 앞에 붙이면 의문사 의문문이 됩니다.)

『톰이 나에게 펜을 줬습니다.』 평서문, 부정문, 미래문, 의문문

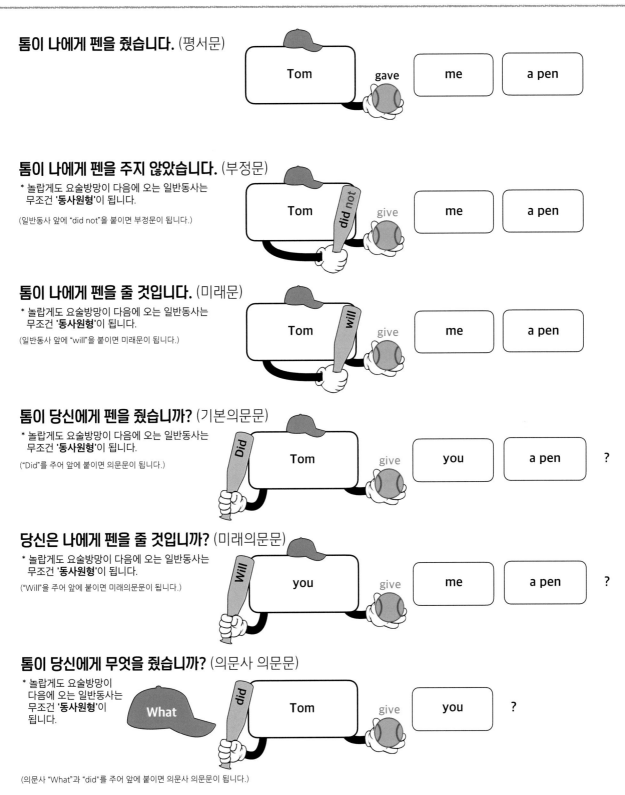

톰이 나에게 펜을 줬습니다. (평서문)

Tom gave me a pen

톰이 나에게 펜을 주지 않았습니다. (부정문)
* 놀랍게도 요술방망이 다음에 오는 일반동사는 무조건 '동사원형'이 됩니다.

(일반동사 앞에 "did not"을 붙이면 부정문이 됩니다.)

Tom did not give me a pen

톰이 나에게 펜을 줄 것입니다. (미래문)
* 놀랍게도 요술방망이 다음에 오는 일반동사는 무조건 '동사원형'이 됩니다.

(일반동사 앞에 "will"을 붙이면 미래문이 됩니다.)

Tom will give me a pen

톰이 당신에게 펜을 줬습니까? (기본의문문)
* 놀랍게도 요술방망이 다음에 오는 일반동사는 무조건 '동사원형'이 됩니다.

("Did"를 주어 앞에 붙이면 의문문이 됩니다.)

Did Tom give you a pen ?

당신은 나에게 펜을 줄 것입니까? (미래의문문)
* 놀랍게도 요술방망이 다음에 오는 일반동사는 무조건 '동사원형'이 됩니다.

("Will"을 주어 앞에 붙이면 미래의문문이 됩니다.)

Will you give me a pen ?

톰이 당신에게 무엇을 줬습니까? (의문사 의문문)
* 놀랍게도 요술방망이 다음에 오는 일반동사는 무조건 '동사원형'이 됩니다.

What did Tom give you ?

(의문사 "What"과 "did"를 주어 앞에 붙이면 의문사 의문문이 됩니다.)

『그는 학교에 갔습니다.』 평서문, 부정문, 미래문, 의문문

그는 학교에 갔습니다. (평서문)

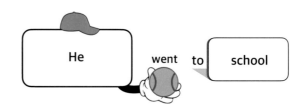

그는 학교에 가지 않았습니다. (부정문)
* 놀랍게도 요술방망이 다음에 오는 일반동사는
무조건 '**동사원형**'이 됩니다.

(일반동사 앞에 "did not"을 붙이면 부정문이 됩니다.)

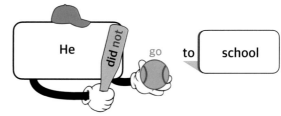

그는 학교에 갈 것입니다. (미래문)
* 놀랍게도 요술방망이 다음에 오는 일반동사는
무조건 '**동사원형**'이 됩니다.

(일반동사 앞에 "will"을 붙이면 미래문이 됩니다.)

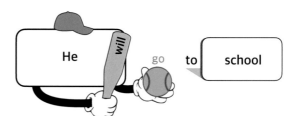

그는 학교에 갔습니까? (기본의문문)
* 놀랍게도 요술방망이 다음에 오는 일반동사는
무조건 '**동사원형**'이 됩니다.

("Did"를 주어 앞에 붙이면 의문문이 됩니다.)

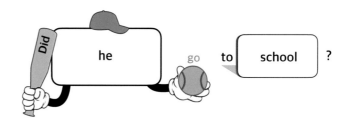

그는 학교에 갈 것입니까? (미래의문문)
* 놀랍게도 요술방망이 다음에 오는 일반동사는
무조건 '**동사원형**'이 됩니다.

("Will"을 주어 앞에 붙이면 미래의문문이 됩니다.)

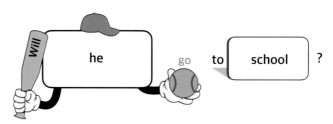

그는 어디에 갔습니까? (의문사 의문문)
* 놀랍게도 요술방망이 다음에 오는
일반동사는 무조건 '**동사원형**'이
됩니다.

(의문사 "Where"와 "did"를 주어 앞에 붙이면 의문사 의문문이 됩니다.)

『영어요술방망이』현재(과거)진행형 [be동사 + V-ing (현재분사)]

* 현재분사를 이용한 현재진행형은 **'지금 어떤 행동을 하는 것'**과 **'행동 자체'**, **'가까운 미래'** 등을 나타냅니다.
* **'현재진행형'** 문장의 **현재동사를 과거동사로 바꾼 것**이 **'과거진행형'** 문장입니다.

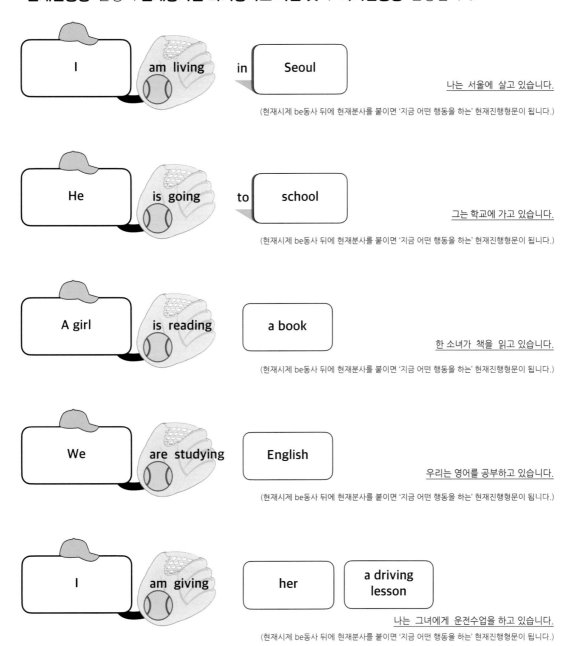

| I | am living | in | Seoul |

나는 서울에 살고 있습니다.

(현재시제 be동사 뒤에 현재분사를 붙이면 '지금 어떤 행동을 하는' 현재진행형문이 됩니다.)

| He | is going | to | school |

그는 학교에 가고 있습니다.

(현재시제 be동사 뒤에 현재분사를 붙이면 '지금 어떤 행동을 하는' 현재진행형문이 됩니다.)

| A girl | is reading | a book |

한 소녀가 책을 읽고 있습니다.

(현재시제 be동사 뒤에 현재분사를 붙이면 '지금 어떤 행동을 하는' 현재진행형문이 됩니다.)

| We | are studying | English |

우리는 영어를 공부하고 있습니다.

(현재시제 be동사 뒤에 현재분사를 붙이면 '지금 어떤 행동을 하는' 현재진행형문이 됩니다.)

| I | am giving | her | a driving lesson |

나는 그녀에게 운전수업을 하고 있습니다.

(현재시제 be동사 뒤에 현재분사를 붙이면 '지금 어떤 행동을 하는' 현재진행형문이 됩니다.)

『영어요술방망이』 현재(과거)진행형 부정문

be동사 뒤에 **not**을 붙이면 부정문이 됩니다.

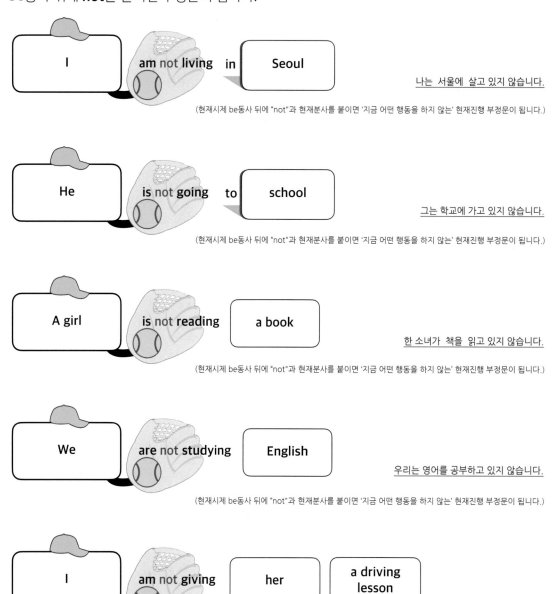

I　am not living　in　Seoul

나는 서울에 살고 있지 않습니다.

(현재시제 be동사 뒤에 "not"과 현재분사를 붙이면 '지금 어떤 행동을 하지 않는' 현재진행 부정문이 됩니다.)

He　is not going　to　school

그는 학교에 가고 있지 않습니다.

(현재시제 be동사 뒤에 "not"과 현재분사를 붙이면 '지금 어떤 행동을 하지 않는' 현재진행 부정문이 됩니다.)

A girl　is not reading　a book

한 소녀가 책을 읽고 있지 않습니다.

(현재시제 be동사 뒤에 "not"과 현재분사를 붙이면 '지금 어떤 행동을 하지 않는' 현재진행 부정문이 됩니다.)

We　are not studying　English

우리는 영어를 공부하고 있지 않습니다.

(현재시제 be동사 뒤에 "not"과 현재분사를 붙이면 '지금 어떤 행동을 하지 않는' 현재진행 부정문이 됩니다.)

I　am not giving　her　a driving lesson

나는 그녀에게 운전수업을 하고 있지 않습니다.

(현재시제 be동사 뒤에 "not"과 현재분사를 붙이면 '지금 어떤 행동을 하지 않는' 현재진행 부정문이 됩니다.)

『영어요술방망이』 현재(과거)진행형 의문문

be동사를 주어 앞으로 옮기면 의문문이 됩니다.

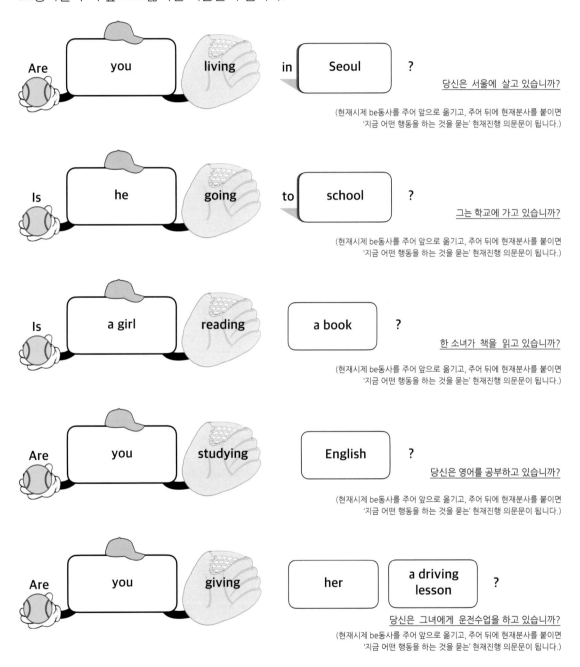

Are you living in Seoul ?

당신은 서울에 살고 있습니까?

(현재시제 be동사를 주어 앞으로 옮기고, 주어 뒤에 현재분사를 붙이면
'지금 어떤 행동을 하는 것을 묻는' 현재진행 의문문이 됩니다.)

Is he going to school ?

그는 학교에 가고 있습니까?

(현재시제 be동사를 주어 앞으로 옮기고, 주어 뒤에 현재분사를 붙이면
'지금 어떤 행동을 하는 것을 묻는' 현재진행 의문문이 됩니다.)

Is a girl reading a book ?

한 소녀가 책을 읽고 있습니까?

(현재시제 be동사를 주어 앞으로 옮기고, 주어 뒤에 현재분사를 붙이면
'지금 어떤 행동을 하는 것을 묻는' 현재진행 의문문이 됩니다.)

Are you studying English ?

당신은 영어를 공부하고 있습니까?

(현재시제 be동사를 주어 앞으로 옮기고, 주어 뒤에 현재분사를 붙이면
'지금 어떤 행동을 하는 것을 묻는' 현재진행 의문문이 됩니다.)

Are you giving her a driving lesson ?

당신은 그녀에게 운전수업을 하고 있습니까?

(현재시제 be동사를 주어 앞으로 옮기고, 주어 뒤에 현재분사를 붙이면
'지금 어떤 행동을 하는 것을 묻는' 현재진행 의문문이 됩니다.)

『영어요술방망이』 현재(과거)상태형 [be동사 + V-ed(과거분사)]

* 과거분사를 이용한 현재상태형은 '어떤 행동을 한 것'과 '완료 당한 상태', '감정' 등을 나타냅니다.
* '현재상태형' 문장의 현재동사를 과거동사로 바꾸면 '과거상태형' 문장이 됩니다.

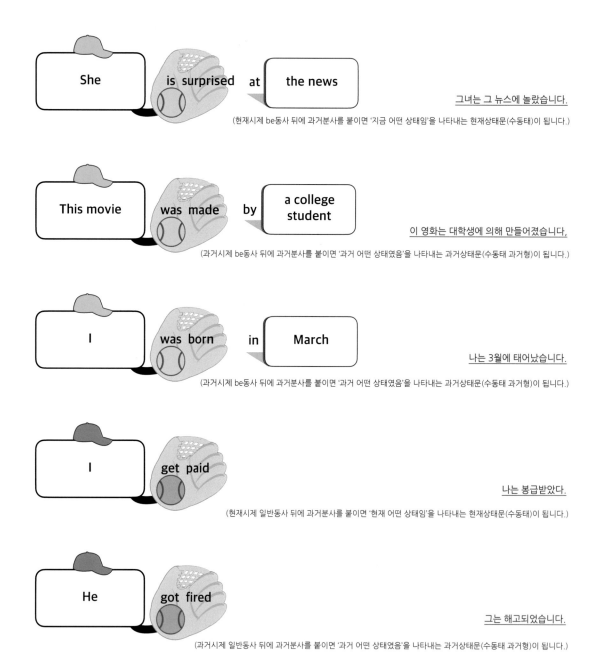

She is surprised at the news

그녀는 그 뉴스에 놀랐습니다.

(현재시제 be동사 뒤에 과거분사를 붙이면 '지금 어떤 상태임'을 나타내는 현재상태문(수동태)이 됩니다.)

This movie was made by a college student

이 영화는 대학생에 의해 만들어졌습니다.

(과거시제 be동사 뒤에 과거분사를 붙이면 '과거 어떤 상태였음'을 나타내는 과거상태문(수동태 과거형)이 됩니다.)

I was born in March

나는 3월에 태어났습니다.

(과거시제 be동사 뒤에 과거분사를 붙이면 '과거 어떤 상태였음'을 나타내는 과거상태문(수동태 과거형)이 됩니다.)

I get paid

나는 봉급받았다.

(현재시제 일반동사 뒤에 과거분사를 붙이면 '현재 어떤 상태임'을 나타내는 현재상태문(수동태)이 됩니다.)

He got fired

그는 해고되었습니다.

(과거시제 일반동사 뒤에 과거분사를 붙이면 '과거 어떤 상태였음'을 나타내는 과거상태문(수동태 과거형)이 됩니다.)

『영어요술방망이』 현재(과거)상태형 부정문

be동사 뒤에 **not**을 붙이거나, 일반동사 앞에 '**영어요술방망이+not**'을 붙이면 부정문이 됩니다.

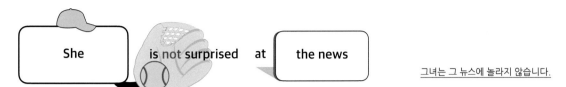

She | is not surprised | at | the news

그녀는 그 뉴스에 놀라지 않습니다.

(현재시제 be동사 뒤에 "not"과 과거분사를 붙이면 '현재 어떤 상태가 아님'을 나타내는 현재상태 부정문(수동태 부정형)이 됩니다.)

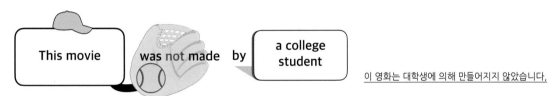

This movie | was not made | by | a college student

이 영화는 대학생에 의해 만들어지지 않았습니다.

(과거시제 be동사 뒤에 "not"과 과거분사를 붙이면 '과거 어떤 상태가 아니였음'을 나타내는 과거상태 부정문(수동태 과거부정형)이 됩니다.)

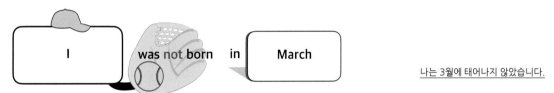

I | was not born | in | March

나는 3월에 태어나지 않았습니다.

(과거시제 be동사 뒤에 "not"과 과거분사를 붙이면 '과거 어떤 상태가 아니였음'을 나타내는 과거상태 부정문(수동태 과거부정형)이 됩니다.)

I | do not | get paid

나는 봉급받지 않았다.

(일반동사 앞에 "do not"을 붙이고, 일반동사 뒤에 과거분사를 붙이면
'현재 어떤 상태가 아님'을 나타내는 현재상태 부정문(수동태 부정형)이 됩니다.)

He | did not | get fired

그는 해고되지 않았습니다.

(일반동사 앞에 "did not"을 붙이고, 일반동사 뒤에 과거분사를 붙이면
'과거 어떤 상태가 아니였음'을 나타내는 과거상태 부정문(수동태 과거부정형)이 됩니다.)

『영어요술방망이』 현재(과거)상태형 의문문

be동사 문장은 be동사를 문장 맨 앞에, 일반동사 문장은 문장 맨 앞에 '영어요술방망이'를 붙이면 의문문이 됩니다.

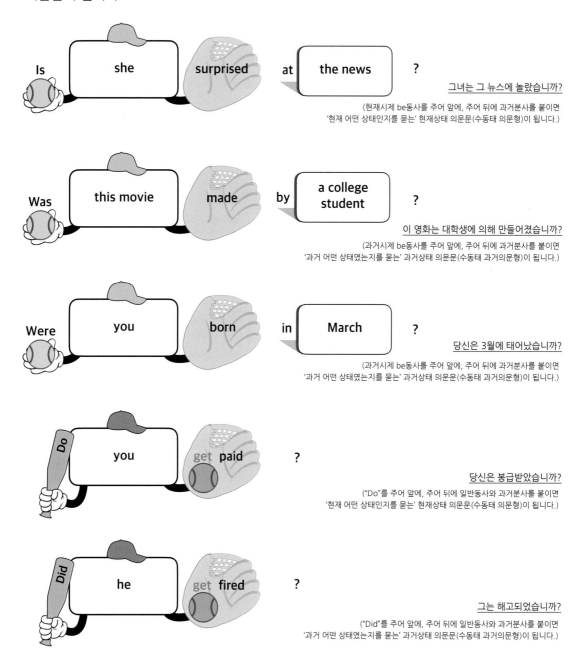

Is she surprised at the news ?

<u>그녀는 그 뉴스에 놀랐습니까?</u>

(현재시제 be동사를 주어 앞에, 주어 뒤에 과거분사를 붙이면 '현재 어떤 상태인지를 묻는' 현재상태 의문문(수동태 의문형)이 됩니다.)

Was this movie made by a college student ?

<u>이 영화는 대학생에 의해 만들어졌습니까?</u>

(과거시제 be동사를 주어 앞에, 주어 뒤에 과거분사를 붙이면 '과거 어떤 상태였는지를 묻는' 과거상태 의문문(수동태 과거의문형)이 됩니다.)

Were you born in March ?

<u>당신은 3월에 태어났습니까?</u>

(과거시제 be동사를 주어 앞에, 주어 뒤에 과거분사를 붙이면 '과거 어떤 상태였는지를 묻는' 과거상태 의문문(수동태 과거의문형)이 됩니다.)

Do you get paid ?

<u>당신은 봉급받았습니까?</u>

("Do"를 주어 앞에, 주어 뒤에 일반동사와 과거분사를 붙이면 '현재 어떤 상태인지를 묻는' 현재상태 의문문(수동태 의문형)이 됩니다.)

Did he get fired ?

<u>그는 해고되었습니까?</u>

("Did"를 주어 앞에, 주어 뒤에 일반동사와 과거분사를 붙이면 '과거 어떤 상태였는지를 묻는' 과거상태 의문문(수동태 과거의문형)이 됩니다.)

『영어요술방망이』 현재(과거)완료형 [have(had) + V-ed(과거분사)]

* **현재완료** : '어떤 행동과 상태'가 현재까지 영향을 미친다. (현재에 해있는 상태)
* **과거완료** : '어떤 행동과 상태'가 과거에만 영향을 미친다. (과거에 해버린 상태)

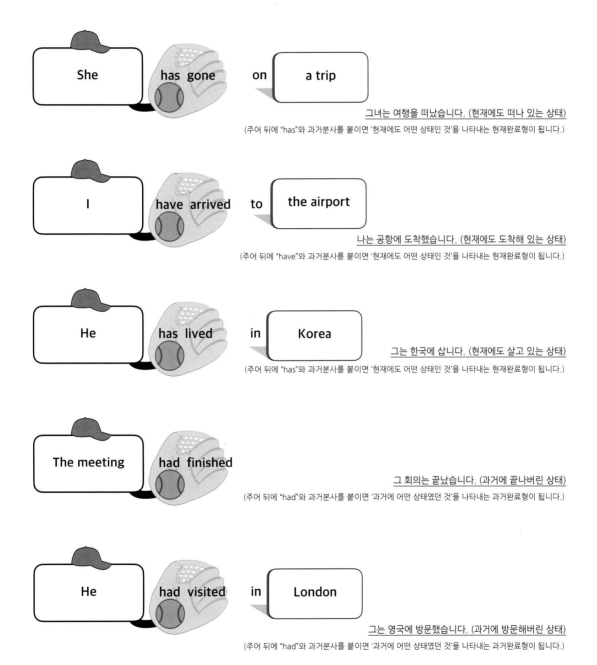

She has gone on **a trip**

그녀는 여행을 떠났습니다. (현재에도 떠나 있는 상태)
(주어 뒤에 "has"와 과거분사를 붙이면 '현재에도 어떤 상태인 것'을 나타내는 현재완료형이 됩니다.)

I have arrived to **the airport**

나는 공항에 도착했습니다. (현재에도 도착해 있는 상태)
(주어 뒤에 "have"와 과거분사를 붙이면 '현재에도 어떤 상태인 것'을 나타내는 현재완료형이 됩니다.)

He has lived in **Korea**

그는 한국에 삽니다. (현재에도 살고 있는 상태)
(주어 뒤에 "has"와 과거분사를 붙이면 '현재에도 어떤 상태인 것'을 나타내는 현재완료형이 됩니다.)

The meeting had finished

그 회의는 끝났습니다. (과거에 끝나버린 상태)
(주어 뒤에 "had"와 과거분사를 붙이면 '과거에 어떤 상태였던 것'을 나타내는 과거완료형이 됩니다.)

He had visited in **London**

그는 영국에 방문했습니다. (과거에 방문해버린 상태)
(주어 뒤에 "had"와 과거분사를 붙이면 '과거에 어떤 상태였던 것'을 나타내는 과거완료형이 됩니다.)

27

『영어요술방망이』 현재(과거)완료형 부정문

have/has/had 뒤에 **not**을 붙이면 부정문이 됩니다.

<u>그녀는 여행을 떠나지 않았습니다. (현재에도 떠나지 않은 상태)</u>
(주어 뒤에 "has"와 "not", 과거분사를 붙이면 '현재에도 어떤 상태가 아닌 것'을 나타내는 현재완료 부정문이 됩니다.)

<u>나는 공항에 도착하지 않았습니다. (현재에도 도착하지 않은 상태)</u>
(주어 뒤에 "have"와 "not", 과거분사를 붙이면 '현재에도 어떤 상태가 아닌 것'을 나타내는 현재완료 부정문이 됩니다.)

<u>그는 한국에 살지 않습니다. (현재에도 살지 않는 상태)</u>
(주어 뒤에 "has"와 "not", 과거분사를 붙이면 '현재에도 어떤 상태가 아닌 것'을 나타내는 현재완료 부정문이 됩니다.)

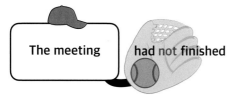

<u>그 회의는 끝나지 않았습니다. (과거에 끝나지 않았던 상태)</u>

(주어 뒤에 "had"와 "not", 과거분사를 붙이면 '과거에 어떤 상태가 아니었던 것'을 나타내는 과거완료 부정문이 됩니다.)

<u>그는 영국에 방문하지 않았습니다. (과거에 방문하지 않았던 상태)</u>
(주어 뒤에 "had"와 "not", 과거분사를 붙이면 '과거에 어떤 상태가 아니었던 것'을 나타내는 과거완료 부정문이 됩니다.)

『영어요술방망이』현재(과거)완료형 의문문

have/has/had 를 문장 맨 앞으로 옮기면 의문문이 됩니다.

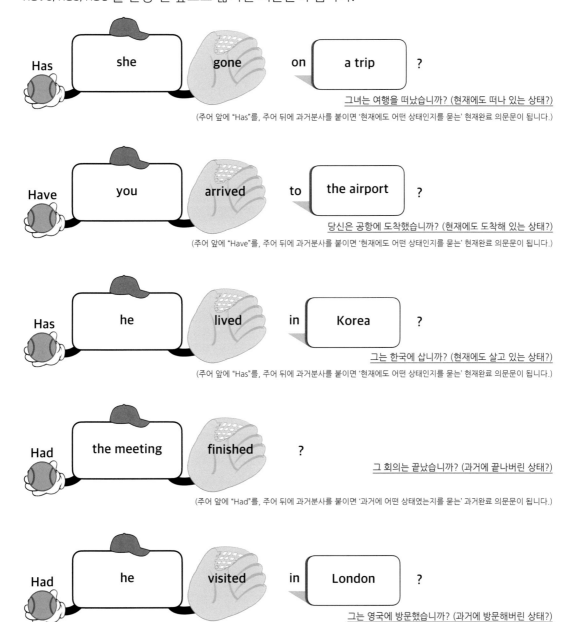

Has she gone on a trip ?

그녀는 여행을 떠났습니까? (현재에도 떠나 있는 상태?)

(주어 앞에 "Has"를, 주어 뒤에 과거분사를 붙이면 '현재에도 어떤 상태인지를 묻는' 현재완료 의문문이 됩니다.)

Have you arrived to the airport ?

당신은 공항에 도착했습니까? (현재에도 도착해 있는 상태?)

(주어 앞에 "Have"를, 주어 뒤에 과거분사를 붙이면 '현재에도 어떤 상태인지를 묻는' 현재완료 의문문이 됩니다.)

Has he lived in Korea ?

그는 한국에 삽니까? (현재에도 살고 있는 상태?)

(주어 앞에 "Has"를, 주어 뒤에 과거분사를 붙이면 '현재에도 어떤 상태인지를 묻는' 현재완료 의문문이 됩니다.)

Had the meeting finished ?

그 회의는 끝났습니까? (과거에 끝나버린 상태?)

(주어 앞에 "Had"를, 주어 뒤에 과거분사를 붙이면 '과거에 어떤 상태였는지를 묻는' 과거완료 의문문이 됩니다.)

Had he visited in London ?

그는 영국에 방문했습니까? (과거에 방문해버린 상태?)

(주어 앞에 "Had"를, 주어 뒤에 과거분사를 붙이면 '과거에 어떤 상태였는지를 묻는' 과거완료 의문문이 됩니다.)

『영어요술방망이』 현재(과거)완료진행형 [have(had) + been + V-ing(현재분사)]

* **현재완료진행형** : '현재완료형'과 '진행형'이 합쳐진 형태.
  '어떤 행동을 하는 것'을 현재까지 계속해서 하고 있음을 나타내는 표현입니다.

* **과거완료진행형** : '과거완료형'과 '진행형'이 합쳐진 형태.
  '어떤 행동을 하는 것'을 과거에 계속해서 하였음을 나타내는 표현입니다.

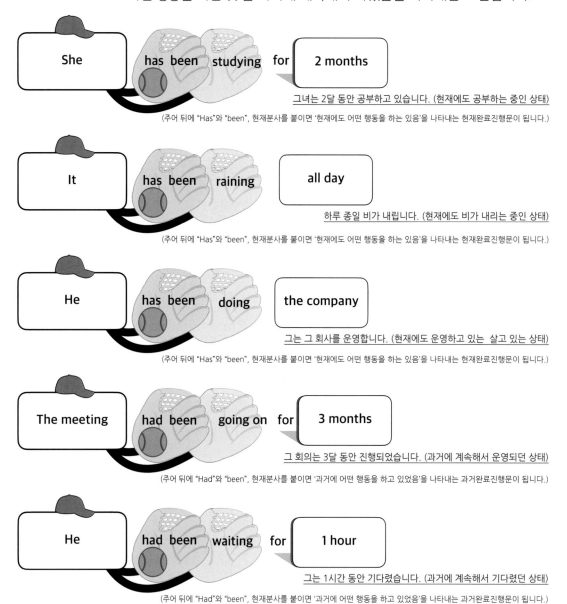

She | has been | studying | for | 2 months

그녀는 2달 동안 공부하고 있습니다. (현재에도 공부하는 중인 상태)

(주어 뒤에 "Has"와 "been", 현재분사를 붙이면 '현재에도 어떤 행동을 하는 있음'을 나타내는 현재완료진행문이 됩니다.)

It | has been | raining | all day

하루 종일 비가 내립니다. (현재에도 비가 내리는 중인 상태)

(주어 뒤에 "Has"와 "been", 현재분사를 붙이면 '현재에도 어떤 행동을 하는 있음'을 나타내는 현재완료진행문이 됩니다.)

He | has been | doing | the company

그는 그 회사를 운영합니다. (현재에도 운영하고 있는 살고 있는 상태)

(주어 뒤에 "Has"와 "been", 현재분사를 붙이면 '현재에도 어떤 행동을 하는 있음'을 나타내는 현재완료진행문이 됩니다.)

The meeting | had been | going on | for | 3 months

그 회의는 3달 동안 진행되었습니다. (과거에 계속해서 운영되던 상태)

(주어 뒤에 "Had"와 "been", 현재분사를 붙이면 '과거에 어떤 행동을 하고 있었음'을 나타내는 과거완료진행문이 됩니다.)

He | had been | waiting | for | 1 hour

그는 1시간 동안 기다렸습니다. (과거에 계속해서 기다렸던 상태)

(주어 뒤에 "Had"와 "been", 현재분사를 붙이면 '과거에 어떤 행동을 하고 있었음'을 나타내는 과거완료진행문이 됩니다.)

* **완료진행형의 부정문**은 완료형과 마찬가지로 have/has/had 뒤에 **not**을 붙이면 됩니다.
* **완료진행형의 의문문**은 완료형과 마찬가지로 have/has/had를 문장 맨 앞에 옮기면 됩니다.

『나는 서울에 살고 있습니다.』 평서문, 부정문, 의문문

나는 서울에 살고 있습니다. (평서문)

(현재시제 be동사 뒤에 현재분사를 붙이면
'지금 어떤 행동을 하는' 현재진행형문이 됩니다.)

나는 서울에 살고 있지 않습니다. (부정문)

(현재시제 be동사 뒤에 "not"과 현재분사를 붙이면
'지금 어떤 행동을 하지 않는' 현재진행 부정문이 됩니다.)

당신은 서울에 살고 있습니까? (의문문)

(현재시제 be동사를 주어 앞으로 옮기고,
주어 뒤에 현재분사를 붙이면
'지금 어떤 행동을 하는 것을 묻는'
현재진행 의문문이 됩니다.)

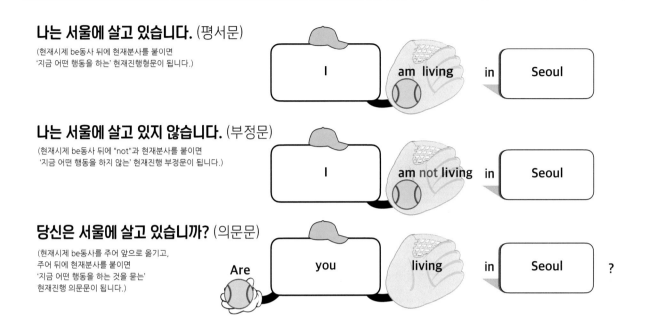

『그녀는 그 뉴스에 놀랐습니다.』 평서문, 부정문, 의문문

그녀는 그 뉴스에 놀랐습니다. (평서문)

(현재시제 be동사 뒤에 과거분사를 붙이면
'지금 어떤 상태임'을 나타내는 현재상태문(수동태)이 됩니다.)

그녀는 그 뉴스에 놀라지 않습니다. (부정문)

(현재시제 be동사 뒤에 "not"과 과거분사를 붙이면
'현재 어떤 상태가 아님'을 나타내는
현재상태 부정문(수동태 부정형)이 됩니다.)

그녀는 그 뉴스에 놀랐습니까? (의문문)

(현재시제 be동사를 주어 앞에, 주어 뒤에 과거분사를 붙이면
'현재 어떤 상태인지를 묻는'
현재상태 의문문(수동태 의문형)이 됩니다.)

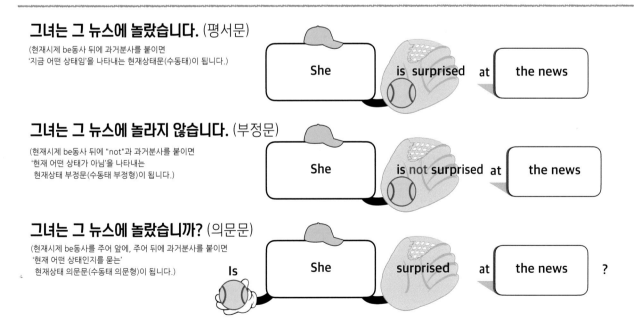

『그녀는 여행을 떠났습니다.』 현재완료 평서문, 부정문, 의문문

그녀는 여행을 떠났습니다. (평서문)

(지금 여행을 떠나있는 상태)

(주어 뒤에 "has"와 과거분사를 붙이면
'현재에도 어떤 상태인 것'을 나타내는 현재완료형이 됩니다.)

그녀는 여행을 떠나지 않았습니다. (부정문)

(주어 뒤에 "has"와 "not", 과거분사를 붙이면
'현재에도 어떤 상태가 아닌 것'을 나타내는
현재완료 부정문이 됩니다.)

그녀는 여행을 떠났습니까? (의문문)

(주어 앞에 "Has"를, 주어 뒤에 과거분사를 붙이면
'현재에도 어떤 상태인지를 묻는'
현재완료 의문문이 됩니다.)

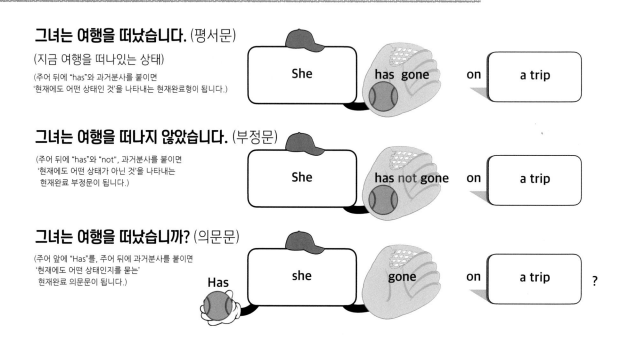

『그녀는 2달 동안 공부하고 있습니다.』 현재완료진행 평서문, 부정문, 의문문

그녀는 2달 동안 공부하고 있습니다. (평서문)

(지금도 계속해서 공부하고 있는 상태)

(주어 뒤에 "Has"와 "been", 현재분사를 붙이면
'현재에도 어떤 행동을 하는 있음'을 나타내는
현재완료진행문이 됩니다.)

그녀는 2달 동안 공부하고 있지 않습니다. (부정문)

(주어 뒤에 "Has"와 "not", "been", 현재분사를 붙이면
'현재에도 어떤 행동을 하고 있지 않음'을 나타내는
현재완료진행 부정문이 됩니다.)

그녀는 2달 동안 공부하고 있습니까? (의문문)

(주어 앞에 "Has"를, 주어 뒤에 "been", 현재분사를 붙이면
'현재에도 어떤 행동을 하고 있는지'를 묻는
현재완료진행 의문문이 됩니다.)

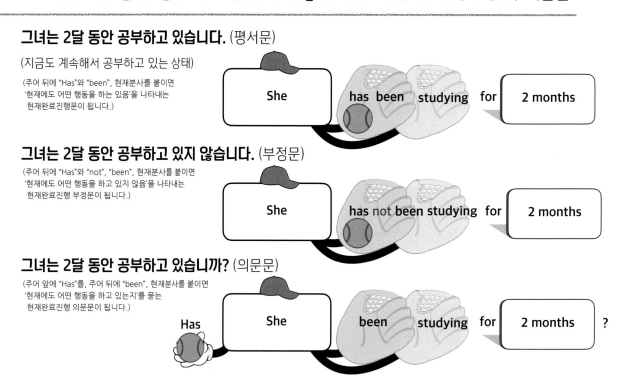

영어문장을 확장하는 『타킷 섹션』

『타킷 섹션』은 **대상과 대상을 연결하여 이야기를 확장**시키는 역할을 합니다.

『타킷 섹션』의 **기본적인 배열 순서**는 다음과 같습니다. [사람] - [사물,장소] - [장소] - [시간]

타킷 섹션의 배열에 대해 설명드리면 타킷이 타자의 영향력을 가장 크게 받는 '**사람**'부터 시작하여 영향력이 덜 미치는 '**대상**(사람, 사물)', 타자의 영향력이 거의 미치지 않는 '**장소**', 마지막으로 타자가 영향을 전혀 미칠 수 없는 '**시간**'순으로 배열된다고 말할 수 있습니다.

참고로 영어문장에서 '**장소**'와 '**시간**'은 작은 부분에서 큰 부분으로 배열되는데, 이를 타자의 영향력이 점차 약해지는 특성을 고려하여 해석하면 충분히 이해할 수 있습니다.

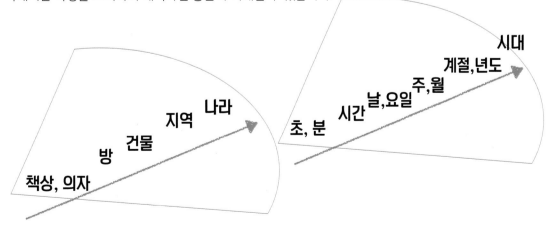

33

『타킷 섹션』의 종류

목적어 타킷 : 명사, 대명사, 형용사 등이 들어갑니다.
- **특징** : 흰색 상자

전치사 그림자 : **방향, 위치, 기간** 등을 나타냅니다. (at, on, in, from, for, with 등등)
- **특징** : 회색 그림자 - **위치** : 목적어 타킷의 왼쪽 뒤

부사 타킷 : 이야기를 더욱 맛깔나게 표현합니다. (매우, 아주, 종종, 드물게, 놀랍게 ...)
- **특징** : 흰색 타원. - **위치** : 조비뒤 일앞 (조동사, be동사 뒤. 일반동사 앞), 문장 마지막.

to부정사 : '(앞으로)**어떤 행동을 할 것**'을 나타냅니다. (목적 의미 포함)
- **특징** : 노란시계. - **구성** : to + 동사원형

원형부정사 : '**어떤 행동을 하도록**'과 '**어떤 상태가 되도록**'을 나타냅니다.(수동적 의미 포함)
- **특징** : 흰색 공. - **구성** : 동사원형, be동사원형은 생략함.
* "be 원형부정사"에는 'who is', 'which is', 'what is'도 포함됩니다.

to부정사 용법 : (to 동사원형) 현재는 없지만 앞으로 해야 할 것을 나타냅니다.

1) 주동의 to부정사 : "앞으로 할 행위" 혹은 "목적", "이유"를 나타낸다.

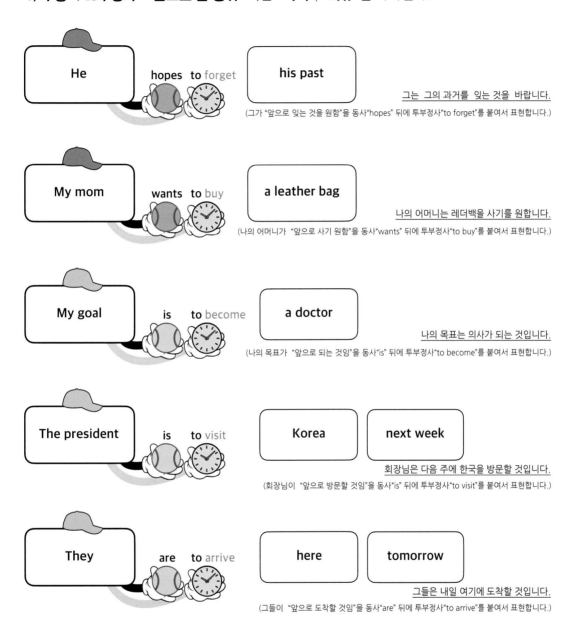

He | hopes to forget | his past
그는 그의 과거를 잊는 것을 바랍니다.
(그가 "앞으로 잊는 것을 원함"을 동사"hopes" 뒤에 투부정사"to forget"를 붙여서 표현합니다.)

My mom | wants to buy | a leather bag
나의 어머니는 레더백을 사기를 원합니다.
(나의 어머니가 "앞으로 사기 원함"을 동사"wants" 뒤에 투부정사"to buy"를 붙여서 표현합니다.)

My goal | is to become | a doctor
나의 목표는 의사가 되는 것입니다.
(나의 목표가 "앞으로 되는 것임"을 동사"is" 뒤에 투부정사"to become"를 붙여서 표현합니다.)

The president | is to visit | Korea | next week
회장님은 다음 주에 한국을 방문할 것입니다.
(회장님이 "앞으로 방문할 것임"을 동사"is" 뒤에 투부정사"to visit"를 붙여서 표현합니다.)

They | are to arrive | here | tomorrow
그들은 내일 여기에 도착할 것입니다.
(그들이 "앞으로 도착할 것임"을 동사"are" 뒤에 투부정사"to arrive"를 붙여서 표현합니다.)

* to부정사를 부르는 동사 : (앞으로 해야 할 일을 나타냅니다.)
want(원하다), need(필요하다), plan(계획하다), hope(희망하다), offer(제안하다),
try(시도하다), decide(결정하다), expect(기대하다), learn(배우다), promise(약속하다),
forget(잊다), refuse(거절하다), agree(동의하다), prepare(준비하다), choose(선택하다),
fail(떨어지다), manage(해내다), intend(의도하다), seem(처럼 보이다), appear(인 것 같다),
claim(주장하다), pretend(인 척하다)

2) 목적어의 to부정사 : 대상에 담긴 "목적", "이유"를 나타냅니다.

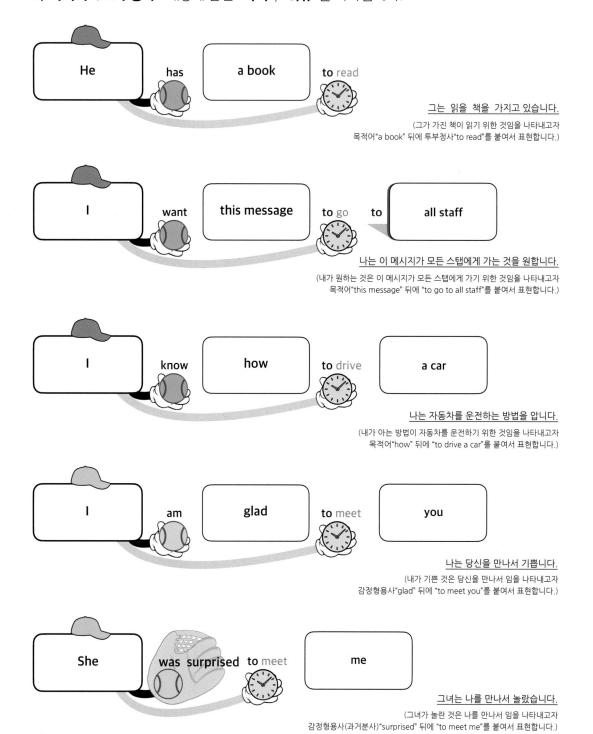

He has a book to read

그는 읽을 책을 가지고 있습니다.
(그가 가진 책이 읽기 위한 것임을 나타내고자
목적어"a book" 뒤에 투부정사"to read"를 붙여서 표현합니다.)

I want this message to go to all staff

나는 이 메시지가 모든 스탭에게 가는 것을 원합니다.
(내가 원하는 것은 이 메시지가 모든 스탭에게 가기 위한 것임을 나타내고자
목적어"this message" 뒤에 "to go to all staff"를 붙여서 표현합니다.)

I know how to drive a car

나는 자동차를 운전하는 방법을 압니다.
(내가 아는 방법이 자동차를 운전하기 위한 것임을 나타내고자
목적어"how" 뒤에 "to drive a car"를 붙여서 표현합니다.)

I am glad to meet you

나는 당신을 만나서 기쁩니다.
(내가 기쁜 것은 당신을 만나서 임을 나타내고자
감정형용사"glad" 뒤에 "to meet you"를 붙여서 표현합니다.)

She was surprised to meet me

그녀는 나를 만나서 놀랐습니다.
(그녀가 놀란 것은 나를 만나서 임을 나타내고자
감정형용사(과거분사)"surprised" 뒤에 "to meet me"를 붙여서 표현합니다.)

* 감정을 나타내는 형용사 뒤에 to부정사 쓸 수 있습니다. :
  happy, glad, pleased, proud, afraid, relieved, sorry, surprised

관계대명사 · 관계부사 · 접속사(that) : 특정 대상을 자세하게 설명할 때 사용함. 생략 가능.

관계대명사	who, whom, whose, which, what, that
관계부사	when, where, why, how, that

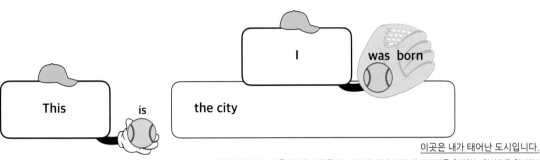

이곳은 내가 태어난 도시입니다.
("내가 태어난 도시"를 영어로 표현할 때는 "도시" 뒤에 "내가 태어났다"를 추가하는 형식으로 합니다.)

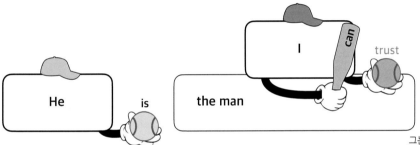

그는 내가 믿을 수 있는 사람입니다.
("내가 믿을 수 있는 사람"을 영어로 표현할 때는 "사람" 뒤에 "내가 믿을 수 있다"를 추가하는 형식으로 합니다.)

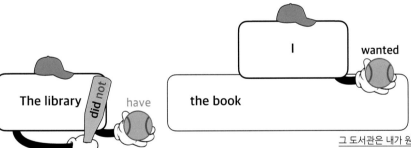

그 도서관은 내가 원하는 책을 가지고 있지 않습니다.
("내가 원하는 책"을 영어로 표현할 때는 "책" 뒤에 "내가 원했다"를 추가하는 형식으로 합니다.)

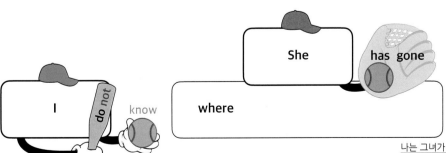

나는 그녀가 어디에 갔는지 모릅니다.
("그녀가 어디에 갔는지"를 영어로 표현할 때는 "어디에" 뒤에 "그녀가 현재 가있는 상태"를 추가하는 형식으로 합니다.)

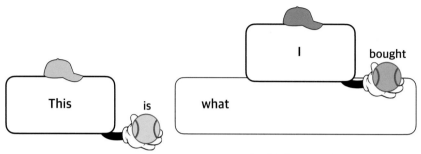

이것은 내가 산 것입니다.
("내가 산 것"을 영어로 표현할 때는 "것(무엇)" 뒤에 "내가 샀다"를 추가하는 형식으로 합니다.)

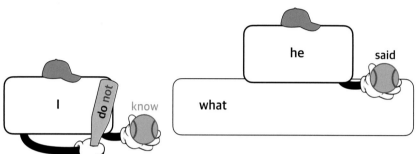

나는 그가 말한 것을 모릅니다.
(나는 그가 말한 것이 뭔지 모릅니다.)
("그가 말한 것"을 영어로 표현할 때는 "것(무엇)" 뒤에 "그가 말했다"를 추가하는 형식으로 합니다.)

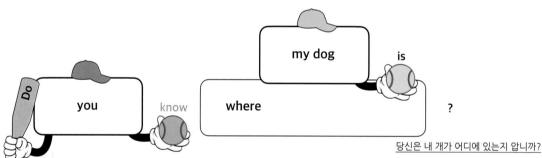

당신은 내 개가 어디에 있는지 압니까?
("내 개가 어디에 있는지"를 영어로 표현할 때는 "어디에" 뒤에 "내 개가 있다"를 추가하는 형식으로 합니다.)

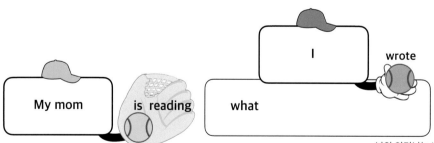

나의 어머니는 내가 쓴 것을 읽고 있습니다.
("내가 쓴 것"을 영어로 표현할 때는 "것(무엇)" 뒤에 "내가 썼다"를 추가하는 형식으로 합니다.)

사역동사 용법 (make, have, help, let)

목적어가 "어떤 행동을 하도록", "어떤 상태가 되도록" 시키는 것을 말합니다.

* 타자 섹션에 사역동사가 쓰일 경우, 목적어의 행위 표현에 원형부정사를 사용합니다.

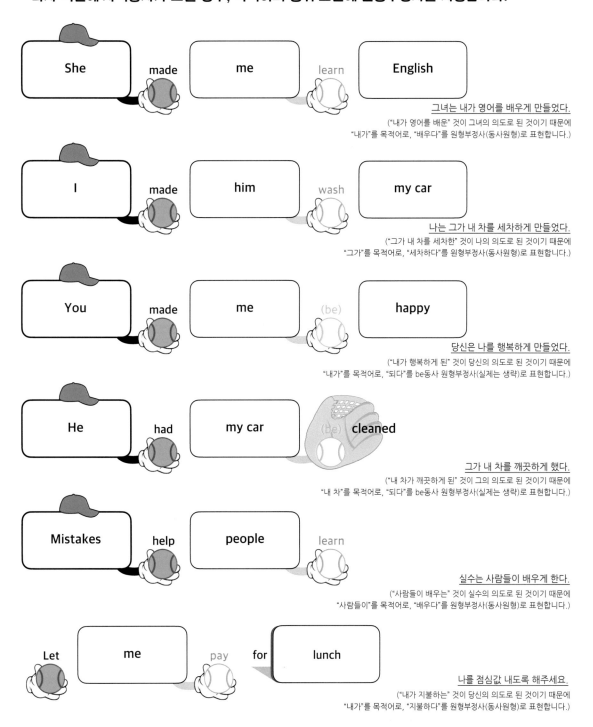

| She | made | me | learn | English |

그녀는 내가 영어를 배우게 만들었다.
("내가 영어를 배운" 것이 그녀의 의도로 된 것이기 때문에
"내가"를 목적어로, "배우다"를 원형부정사(동사원형)로 표현합니다.)

| I | made | him | wash | my car |

나는 그가 내 차를 세차하게 만들었다.
("그가 내 차를 세차한" 것이 나의 의도로 된 것이기 때문에
"그가"를 목적어로, "세차하다"를 원형부정사(동사원형)로 표현합니다.)

| You | made | me | (be) | happy |

당신은 나를 행복하게 만들었다.
("내가 행복하게 된" 것이 당신의 의도로 된 것이기 때문에
"내가"를 목적어로, "되다"를 be동사 원형부정사(실제는 생략)로 표현합니다.)

| He | had | my car | (be) cleaned |

그가 내 차를 깨끗하게 했다.
("내 차가 깨끗하게 된" 것이 그의 의도로 된 것이기 때문에
"내 차"를 목적어로, "되다"를 be동사 원형부정사(실제는 생략)로 표현합니다.)

| Mistakes | help | people | learn |

실수는 사람들이 배우게 한다.
("사람들이 배우는" 것이 실수의 의도로 된 것이기 때문에
"사람들이"를 목적어로, "배우다"를 원형부정사(동사원형)로 표현합니다.)

| Let | me | pay | for | lunch |

나를 점심값 내도록 해주세요.
("내가 지불하는" 것이 당신의 의도로 된 것이기 때문에
"내가"를 목적어로, "지불하다"를 원형부정사(동사원형)로 표현합니다.)

39

지각동사 용법 : see, watch, hear, feel, smell 등등

* 어떤 것을 감각적으로 알아가는 것을 나타냅니다.
* 타자 섹션에 지각동사가 쓰일 경우, 목적어의 행위 표현에 원형부정사를 사용합니다.

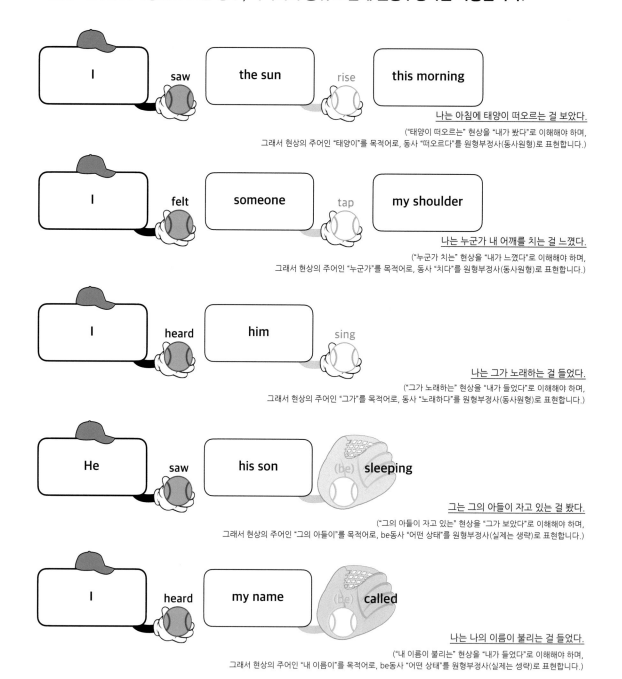

나는 아침에 태양이 떠오르는 걸 보았다.
("태양이 떠오르는" 현상을 "내가 봤다"로 이해해야 하며,
그래서 현상의 주어인 "태양이"를 목적어로, 동사 "떠오르다"를 원형부정사(동사원형)로 표현합니다.)

나는 누군가 내 어깨를 치는 걸 느꼈다.
("누군가 치는" 현상을 "내가 느꼈다"로 이해해야 하며,
그래서 현상의 주어인 "누군가"를 목적어로, 동사 "치다"를 원형부정사(동사원형)로 표현합니다.)

나는 그가 노래하는 걸 들었다.
("그가 노래하는" 현상을 "내가 들었다"로 이해해야 하며,
그래서 현상의 주어인 "그가"를 목적어로, 동사 "노래하다"를 원형부정사(동사원형)로 표현합니다.)

그는 그의 아들이 자고 있는 걸 봤다.
("그의 아들이 자고 있는" 현상을 "그가 보았다"로 이해해야 하며,
그래서 현상의 주어인 "그의 아들이"를 목적어로, be동사 "어떤 상태"를 원형부정사(실제는 생략)로 표현합니다.)

나는 나의 이름이 불리는 걸 들었다.
("내 이름이 불리는" 현상을 "내가 들었다"로 이해해야 하며,
그래서 현상의 주어인 "내 이름이"를 목적어로, be동사 "어떤 상태"를 원형부정사(실제는 생략)로 표현합니다.)

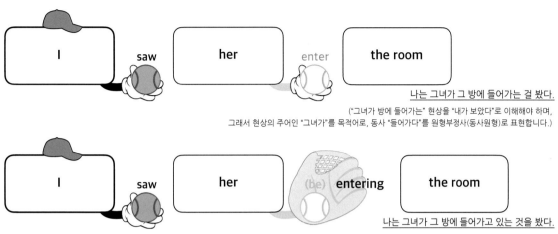

| I | saw | her | enter | the room |

나는 그녀가 그 방에 들어가는 걸 봤다.

("그녀가 방에 들어가는" 현상을 "내가 보았다"로 이해해야 하며,
그래서 현상의 주어인 "그녀가"를 목적어로, 동사 "들어가다"를 원형부정사(동사원형)로 표현합니다.)

| I | saw | her | (be) entering | the room |

나는 그녀가 그 방에 들어가고 있는 것을 봤다.

("그녀가 방에 들어가고 있는" 현상을 "내가 보았다"로 이해해야 하며,
그래서 현상의 주어인 "그녀가"를 목적어로, be동사 "어떤 상태"를 원형부정사(실제는 생략)로 표현합니다.)

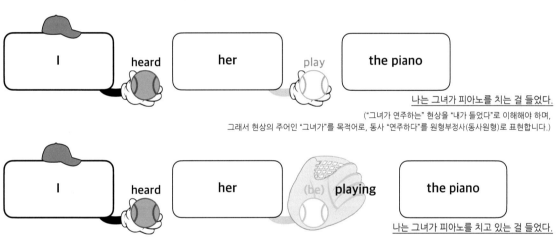

| I | heard | her | play | the piano |

나는 그녀가 피아노를 치는 걸 들었다.

("그녀가 연주하는" 현상을 "내가 들었다"로 이해해야 하며,
그래서 현상의 주어인 "그녀가"를 목적어로, 동사 "연주하다"를 원형부정사(동사원형)로 표현합니다.)

| I | heard | her | (be) playing | the piano |

나는 그녀가 피아노를 치고 있는 걸 들었다.

("그녀가 연주하고 있는" 현상을 "내가 들었다"로 이해해야 하며,
그래서 현상의 주어인 "그녀가"를 목적어로, be동사 "어떤 상태"를 원형부정사(실제는 생략)로 표현합니다.)

영작 코너

1. 나는 아침을 먹고 있습니다. (breakfast, having, I, am)

_____

2. 우리는 영어를 공부하고 있습니다. (English, are, studying, We)

_____

3. 나는 어젯밤 8시에 저녁을 먹고 있었습니다. (at, night, was, dinner, 8, having, last, I)

_____

4. 우리는 그녀의 미래에 대해 생각하고 있습니다. (future, are, her, thinking, We, about)

_____

5. 저는 3월에 태어났습니다. (in, was, born, I, March)

_____

6. 그 차는 한국에서 만들어 졌습니다. (Korea, made, The, was, car, in)

_____

7. 우리는 숲에서 길을 잃었습니다. (woods, got, in, lost, We, the)

_____

8. 그 문은 잠기지 않았습니다. (The, unlocked, door, was)

_____

9. 내 목표는 좋은 점수를 받는 것입니다. (get, score, goal, a, to, My, is, good)

_____

10. 나는 살을 빼려고 헬스장에 가입했습니다. (I, to, gym, lose, the, weight, joined)

_____

11. 그는 당신을 만나는 것을 원합니다. (you, wants, see, to, He)

_____

12. 나는 당신에게 어떤 것을 물어보고 싶습니다. (ask, you, wanted, I, to, something)

_____

13. 나는 문을 잠그는 것을 잊었습니다. (forgot, door, the, lock, I, to)

_____

14. 나는 체중을 늘리라는 처방을 받았습니다. (prescribed, weight, to, was, gain, I)

_____

15. 나는 디지털 카메라를 사고 싶습니다. (want, I, a, buy, camera, digital, to)

_____

16. 그녀의 직업은 꽃을 파는 것입니다. (Her, flowers, is, to, sell, job)

_____

17. 나에게 컴퓨터 사용하는 방법을 말해줄 수 있나요?
    (tell, Can, me, a, how, to, you, use, computer?)

_____

18. 당신에게 말할 것이 있어요. (I, tell, you, to, have, something)

_____

19. 나는 읽을 책들을 샀습니다. (I, read, some, bought, books, to)

_____

20. 제인은 옆집에 사는 소녀입니다. (Jane, a, lives, door, is, who, girl, next)

_____

21. 나는 의사인 남자를 알고 있습니다. (I, a, who, doctor, know, man, a, is)

_____

22. 나에겐 개를 가지고 있는 친구가 있습니다. (I, a, friend, a, have, who, has, dog)

_____

23. 나는 그가 결석한 것을 알지 못했다. (not, did, he, that, I, was, know, absent)

_____

24. 도둑은 물건을 훔치는 사람입니다. (A, is, things, thief, steals, someone, who)

_____

25. 우리는 내가 예전에 갔었던 박물관에 갔습니다.
(went, a, I, had, We, museum, which, gone, to)

_____

26. 잃어버린 돈을 찾았습니까? (you, find, money, Did, the, you, lost?)

_____

27. 내가 듣고 싶었던 강의가 취소되었습니다.
(class, I, to, canceled, The, wanted, was, hear)

_____

28. 나는 당신이 하는 것이 무엇인지 모르겠습니다. (I, what, not, do, know, do, you)

_____

29. 나는 당신이 휴식을 취할 것을 제안합니다. (suggest, I, you, some, that, rest, get)

_____

30. 나는 그녀가 시험에 합격할 것을 믿었습니다.
(I, that, exam, she, believed, pass, will, the)

_____

31. 이것은 당신이 요청했던 정보입니다. (the, requested, you, information, This, is)

_____

32. 나의 어머니는 내 남동생이 TV 보도록 허락했습니다.
　　(brother, mom, watch, let, My, my, TV)

_____

33. 제인은 그녀의 친구가 숙제를 하도록 도왔습니다.
　　(Jane, do, her, homework, friend, helped)

_____

34. 그녀는 웨이터가 차를 가져오도록 시켰습니다.
　　(waiter, had, the, She, some, bring, teas)

_____

35. 그 선생님은 학생들이 책을 읽도록 만들었습니다.
　　(teacher, made, book, The, students, read, the)

_____

36. 그녀는 그녀의 아들이 소리치는 것을 들었습니다. (She, her, son, heard, scream)

_____

37. 그녀는 내가 방을 청소하는 것을 보았습니다. (clean, me, She, the, room, saw)

_____

38. 나는 나의 심장이 뛰는 것을 느꼈습니다. (I, beat, heart, my, felt)

_____

39. 그녀는 그 영화를 여러번 봤습니다. (She, has, many, movie, the, times, seen)

_____

40. 그는 해결책을 찾았습니다. (He, found, a, has, solution)

_____

41. 우리는 이전에 그를 만난 적이 없습니다. (We, met, not, have, him, before)

_____

42. 나는 그녀의 미소를 잊은 적이 없습니다. (I, forgotten, never, her, have, smile)

_____

43. 당신은 미스터 박을 만난 적이 없습니까? (met, you, Have, Mr.Park?)

_____

44. 나는 12년 동안 영어를 공부하고 있는 중입니다.
(I, been, for, English, studying, 12, years, have)

_____

45. 톰은 작년부터 여기서 일하고 있는 중입니다.
(Tom, here, has, working, since, been, year, last)

_____

46. 우리는 아기를 갖는 것을 노력하고 있는 중입니다.
(We, have, a, trying, baby, to, been, have)

_____

47. 그녀는 새로운 직장을 구하고 있는 중입니다.
(has, She, for, been, job, looking, a, new)

_____

영작 코너 정답

1.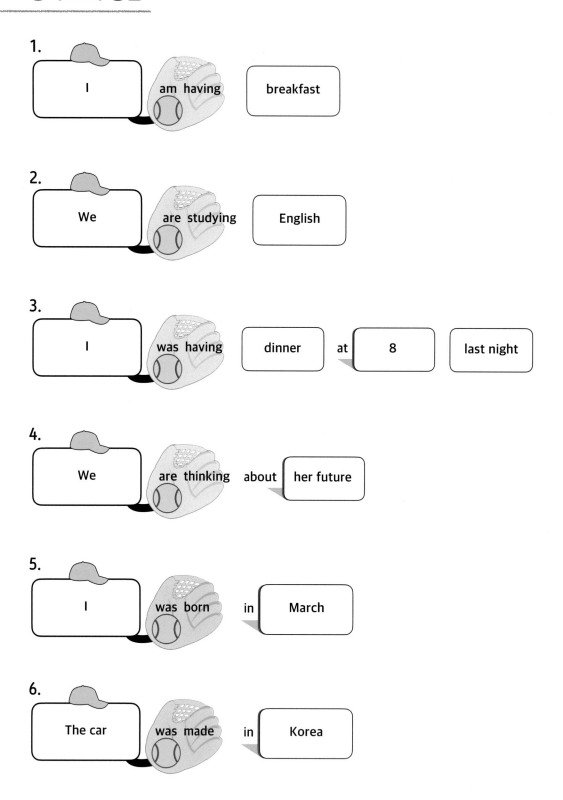

I | am having | breakfast

2.

We | are studying | English

3.

I | was having | dinner | at | 8 | last night

4.

We | are thinking | about | her future

5.

I | was born | in | March

6.

The car | was made | in | Korea

7.

We　got　lost　in　the woods

8.

The door　was　unlocked

9.

My goal　is　to get　a good score

10.

I　joined　the gym　to lose　weight

11.

He　wants　to see　you

12.

I　want　to ask　you　something

13.

I　forgot　to lock　the door

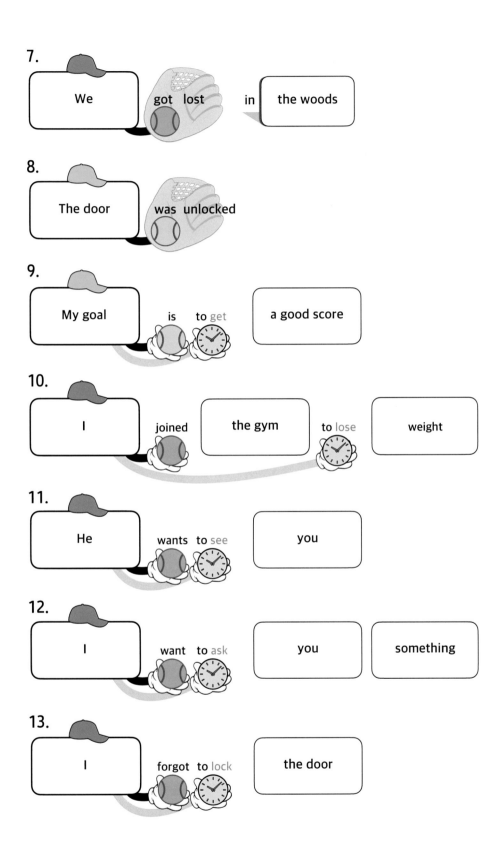

14. I was prescribed to gain weight

15. I want to buy a digital camera

16. Her job is to sell flowers

17. Can you tell me how to use a computer ?

18. I have to tell you something

19. I bought some books to read

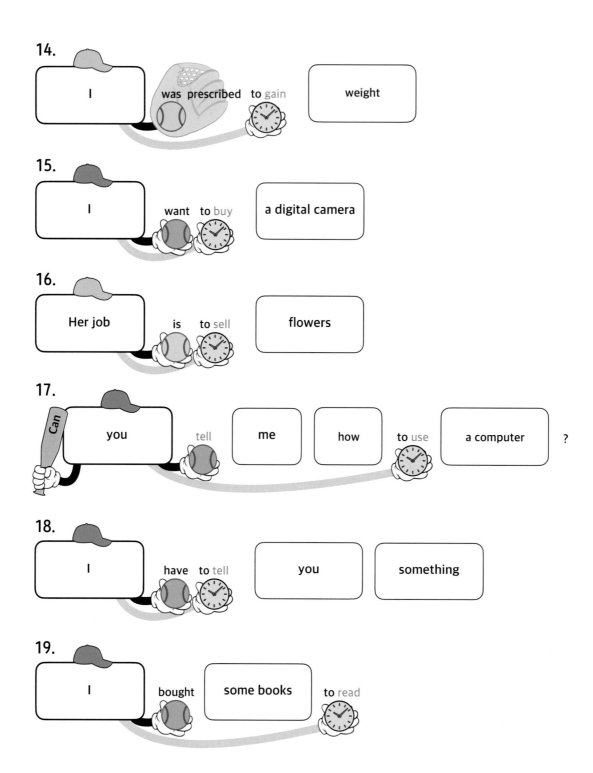

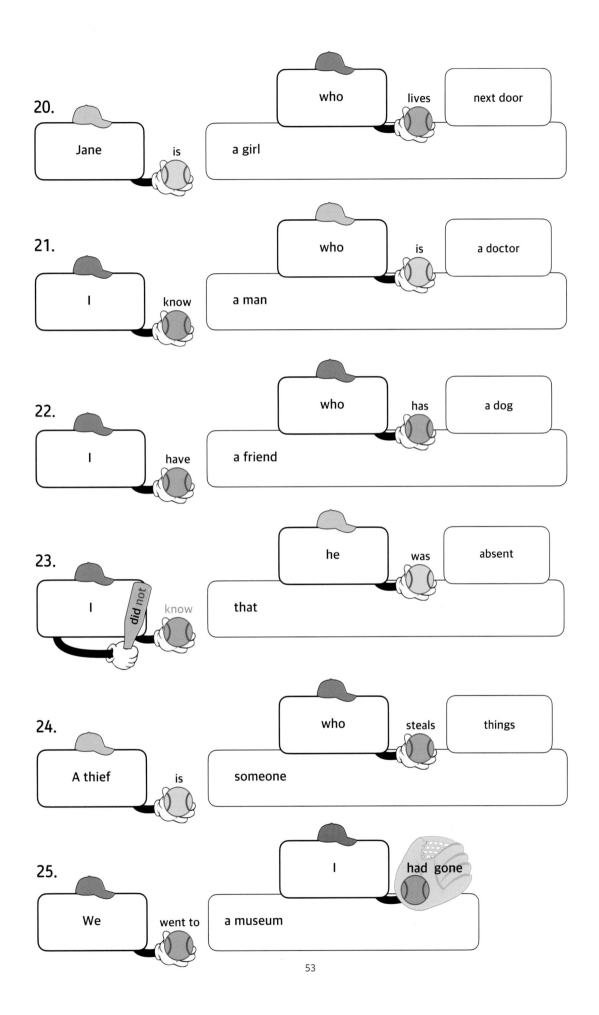

20. Jane is a girl who lives next door

21. I know a man who is a doctor

22. I have a friend who has a dog

23. I did not know that he was absent

24. A thief is someone who steals things

25. We went to a museum I had gone

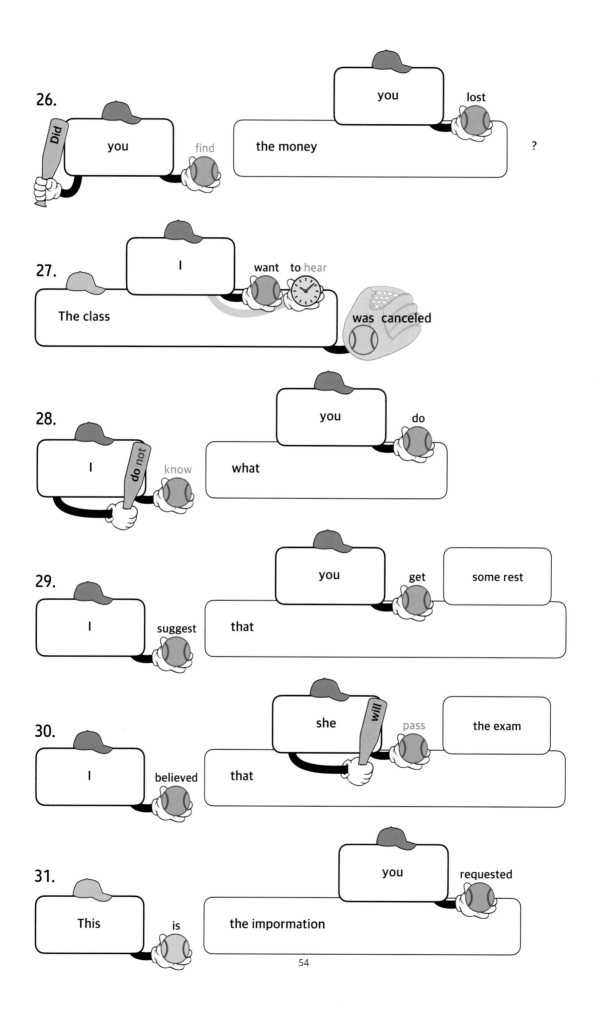

26. Did you find you the money lost ?

27. I want to hear The class was canceled

28. I do not know what you do

29. I suggest that you get some rest

30. I believed that she will pass the exam

31. This is the impormation you requested

54

32. My mom | let | my brother | watch | TV

33. Jane | helped | her friend | do | homework

34. She | had | the waiter | bring | some teas

35. The teacher | made | students | read | the book

36. She | heard | her son | scream

37. She | saw | me | clean | the room

38. I | felt | my heart | beat

39. She has seen the movie many times

40. He has found a solution

41. We have not met him before

42. I have never forgotten her smile

43. Have you met Mr. Park ?

44. I have been studying English for 12 years

45. Tom has been working here since last year

46.

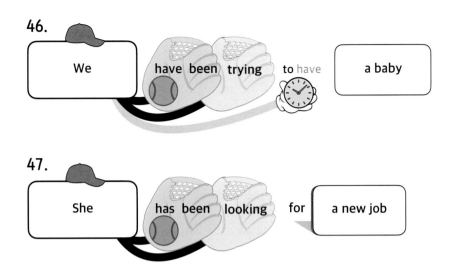

We | have been trying | to have | a baby

47.

She | has been | looking | for | a new job

영알못을 위한 영어요술방망이

발   행 | 2024년 5월 16일
저   자 | 김진문
펴낸이 | 한건희
펴낸곳 | 주식회사 부크크
출판사등록 | 2014.07.15.(제2014-16호)
주   소 | 서울특별시 금천구 가산디지털1로 119 SK트윈타워 A동 305호
전   화 | 1670-8316
이메일 | info@bookk.co.kr

ISBN | 979-11-410-8540-7

www.bookk.co.kr